あるがまま／スマイル

西堤啓子歌集

青磁社

あるがまま／スマイル＊目次

I

スーパームーン 9
琥　珀 13
クチナシの闇 16
アンガーマネジメント 20
現在地不明 23
モンローウォーク 27
電波時計 31
桜 35
アオサギ 42
偏西風 45
ランタン祭り 49
異国へ 52
オッド・アイ 58

II
宇宙ゴミ 63
凌霄花 68
煙水晶 74
高速ジャンクション 78
やわらかに 83
六 甲 86
震度六弱 92
夏 96
デズデモーナ 101
パラパラ 106
平成終わる 110
III
暴れるハサミ 115

アガパンサス 118
珊瑚樹 122
フジョーリ 127
キャッシュレス 131
深海魚 135

Ⅳ

禍の年 143
「新しい日常」 150
七十五億年 156
菜　園 160
白い嘘・黒い嘘 163
かたわれ 166

あとがき 170

西堤啓子歌集

あるがまま／スマイル

I

スーパームーン

失いしものの大きさあらためて　湖東にスーパームーン昇り来《く》

驚きて怒りて泣きてあきらめし気ままな風になってわたくし

医師の告げし高次脳機能障害隠れ棲む淵深けれど地図には載らぬ

「人格が変わることあり」とう後遺症見知らぬ人は日々成長す

横抱きの猫の頭を打ちつけんと壁に寄り立つこの人は誰

側頭葉の傷が吐き出す言葉たち責められもせずつま先を見る

仁王立ち吾を威嚇するもののあり成層圏に雲立ち上る

雑踏に突き飛ばされて転がってブラックホールになった私

ウィルスの残した傷が刻まれた禍言《まがごと》までも押し戻してよ

ＡＩには欲無しといえばＡＩになりたき夜の水瓶《みずがめ》を抱く

琥珀

風に捲かれ波に漂う病葉《わくらば》の琥珀の中に立ちつくす人

MRIの画像一枚飼いならす瞋恚《しんい》を白き雨に打たせて

脳というオブジェ欠ければ閉じたると人の心を描くとうこと

全きかたち必然ならずと知る画像　脳とうオブジェ哀しみを抱く

薬効のあるかなきかを占いてダッチロールのなしと悟る日

暴発を誘うウィルスの傷の跡　時空ねじれて響く舌打ち

クチナシの闇

街をゆく花柄の傘雨に濡れかたむく陰に母の横顔

母の日のプロモーションメール明滅す母のない子になった私に

母逝きて一年を経て今さらに親知らずと別れ落ち葉散り敷く

母を送り待ち受けしもの現れて　夜明けを知らぬ月の裏側

母娘づれ街に見かけた昼下がり小さき匣《はこ》あけ母と親しむ

吹きつける風にあおられパラソルの骨曲がりたるくるくる回す

葉桜の揺れる影よりあらわれて黒アゲハ飛ぶ母を思えば

クチナシの闇に匂えば亡き母の白き面輪の光をまとう

亡き母のことばの還るあかつきの表参道しかばねの山

アンガーマネジメント

戦地より戻れる人は傷を負い投げ出した身に猫を抱けり

アンガーマネジメントの記事破り捨てソファに座す人に背かれ帰り来たれば

鎧を鈍く光らせ凝固せる人は書見す読書ではなく

夕されば港をさして帰りくる人の口ぐせ今日もネガティブ

ざらついた石になる日は音楽を慈雨と浴びつつバランス保つ

一つ一つクリアし行けばいつの日か森からの風耳朶《じだ》にそよ吹く

霧の中流れる冷えた言葉たちバンジージャンプで底見極めん

せめぎ合い傷つけ合って断ち切れぬ糸カプセルの中の酸欠

現在地不明

空を切りカモの編隊着水す椅子取りゲームの哀しき朝《あした》

マガモの脚は橙《だいだい》つがいては背かぬものか筋肉は裏切らない

向かい風胸そらしいるつがい鳥コガモ眦《まなじり》　きりりと緑

牧水の石叩きとう鶺鴒《せきれい》がチチと鳴き飛ぶ流れ変わらず

あこがれはオオサンショウウオの口と言うアユ岩陰に眠りて覚めず

月のように満ちまた欠ける一生を歩まぬ人のなき朝ぼらけ

何気ない時光らしめ生きていく飛び立つまでの助走のように

春の日にあふれ暴れし黒髪の手によみがえる現在地不明

シャワーに流す哀しみ色はなく乾かぬ傷の包帯真っ白

物憂げなチェット・ベイカー聴くときはヒトリシズカの一本《ひともと》になる

いのちの光まばゆき超新星地下鉄に笑まう幼子として

モンローウォーク

暮れゆくか光をまとうビル群のいつか自転の向こうに落ちる

イケメンの黒猫だから帰さないもう鍋にして食べてしまうよ

ＡＩに読み取られている私の心を君が占めていること

『モダンタイムス』見ているようなコンビニの「アリガトウゴザイマス、アタタメマスカ」

消費されすり減っていくわたくしの感度フィルターごしの明滅

水鳥の北帰のように去っていく人の影踏み口笛を吹く

胸いっぱい息吸い込んで中天のオリオンに聞く残り時間を

春来れば尾に帆を上げて行く猫のモンローウォーク恋を引き寄す

抱き上げれば頭押しつけ夢を見る瞳をするも保護猫にして

オリオンの西に傾く湖畔にてさざ波に耳すませていたい

電波時計

ずれたまま合うことなくて日々暮らす　電波時計のようにはいかぬ

何にでも笑いの要素はあるもので深刻なのにはひふへほほほ

見なかったことにするとう猫の知恵借りて日常やり過ごし春

花にやる水を失くせし人といる日々を重ねて素数の孤独

大雪に旅を阻まれUターンすれば破局を免れるなど

どこへ行っていたのか声の届かない場所にいた人帰り来たると

切れかけた糸翻る極寒の地を這い探す結ぶ言の葉

対岸に渡ったままの人がいて平行線は哀しき図式

戦列を外されたれば暴言のぴたりと止みてそ知らぬキリン

鎧脱ぎ憑《っ》き物落ちて身も軽くウォーキングなどする異邦人

何事もなかったように日々戻る深層崩壊耳をすませば

桜

墓苑の空覆い咲く桜木に亡き人々もさんざめく春

吐く息の曳き波となり桜吹雪ゆるき流れに身をゆだね行く

山下り東福寺へと続く道スニーカー白く花びらを踏む

身を揺する風狂の人となり果てて桜追いかけ時刻表繰る

関山と名もなつかしき八重桜ふわりと甘く大阪の春

菓子箱のごとき車両の渓流に沿いて夢見る樽見《たるみ》鉄道

揺られ行く小さき車両は断層の谷筋走る桜目がけて

月を浴びほころぶ花の枝に満ち山峡にあり星を巡らせ

雪の峠越え行きしとう天狗党回る時代の断層に消ゆ

あまご食めば清流の香のほろほろとぬめりに苔の青も滴る

根尾川の瀬音響から軒下にツバメの戻る夏が近づく

一目見ん淡墨桜《うすずみざくら》天地《あめつち》にいのちの涯《はて》の光と立たす

白山の神覆う空山々の間《あわい》に見えて細き春の雨

雨に逢う淡墨桜散りかいて遠近人《おちこちびと》の心揺るがす

散り際に淡墨の色加わると聞きし日遠く今逢う桜

さまざまなことありし世を西行のなべては桜　桜の方へ

水脈のかき消すように失われ桜吹雪に母の座す見ゆ

水を抱き夢幻のうちに年を経て花を葬るいくたびの春

葉桜のみずみずとして匂う午後光を食べて地下に伸びゆく

うつし世のるつぼにありて隈《くま》もなく見られるエロス眠れぬ桜

アオサギ

罵られ怒鳴られてなお傷つかぬ心が欲しと猫に相談

「おまえなんかと暮らしたくない」窓をあけ空見上げれば今日は月夜で

ため息をつかれてばかりの毎日はノイズ画面の色をなくした

話しかけても微動だにせぬそれは壁　人ではなくてももちろん猫でも

膝抱え背中丸めて防御する言葉のつぶて床に転がり

暴言の後はけろりと吾がために本借り来ると言うアマガエル

アオサギがぐびりと魚呑むようにまばたきをして人を呑み込む

偏西風

お道具を扱うようにわたくしを磨いて今はしまっておこう

亡き人を語り突然そむけたる顔はクレーのセネシオとなり

黄砂に煙る空でもかまわぬと蝶偏西風に向かって飛んだ

桜前線飯田までこそ至りたる北よ花つけ桜に染まれ

ままならぬ神経の糸揺れ絡みモダンアートの広がる真闇

書店の消えゆく時代嘆きつつネットに春樹購《あがな》い渇く

重きことのしかかる日は何もかも腹式呼吸酸素いっぱい

ゴミ散らし群がるカラス私をヒトだと言って横目で見ている

戻らぬもの日々増えゆけば真青なる空にパスワードたずねて一人

ランタン祭り

蛍火の降り積もりたる坂道を彦馬も若き志士たちも行く

巨大クレーン聳える海の向こうからあまたの死者の声吹き寄せる

尾曲がりは福猫という長崎の坂駆け上がり探してみても

ＧＰＳも知らぬ細道迷いつつ上れば猫が海を見ている

福を釣る尾曲がり猫のラッピング路面電車は物語めく

悟空のランタン灯る祭りの夜空の向こうに風はらむ帆の

ガラス越し海の光を踏みしめて昇れば飛べる空中庭園

片足鳥居くぐれば被爆クスノキの枝を広げる祈りのかたち

異国へ

海峡に向かい身じろぎもせぬ犬は日がな一日海を見るのか

海鳴りの底より隆起せしという石門洞に風吹き抜ける

石門洞に波が運びし貝殻を拾って作る思い出ピアス

紅毛城のスーベニアショップに求めたる絵葉書に眠る異国の猫は

異国の祈りのかたちさまざまに叩頭・擲筊《ボアボエイ》・赤きロウソク

屋根に舞う英雄たちの物語　異国の寺のシンフォニーなる

若くして命果てにし歌姫の声風に乗り海へと下る

＊

ジャガランダ青紫に空を染め天正の夢　南蛮の道

大洋を越えてこの地を踏みし日の紅顔マンショの頬なでし風

テージョ川のぼる南蛮の船に立つ少年四人　胸ふくらませ

大航海時代を語るリスボンの美術館に会う南蛮屏風

アニメにて日本語学ぶと若者のワイン注ぎくれ「オイシイデスカ？」

風力発電のブレード白く並び立つポルトガルの空はてしなく青

レコンキスタの歴史はいまだ終わるなくアズレージョが伝う青き相克

ロカ岬の風に吹かれて沈みゆく陽に連なれり『流転の海』完結

オッド・アイ

颯々《さっさつ》吹き抜ける日もあり竜巻注意報発令の日々は続けど
イトウとうとぼけた顔の魚にて水底深くじっとしてみる

いい子だけど悪い子だけどいい子だよ猫の瞳の張りつめて夜

差し向かい話しかけても返事なく蟷螂《とうろう》のごとき咀嚼は続く

顔歪め私をにらむモンスター眼閉じれば流れぬ暗渠

「かわいそう」は魔法の言葉荒ぶる魂鎮まり醒めて階上に消ゆ

やさしさも労りもみな埋葬し土をならして踏み固めしと

寂しくて一緒にいてと猫に言うひたと吾が顔見つめる瞳《オッド・アイ》

II

宇宙ゴミ

電話越し怒鳴れる声の残響は枕に香るアロマテラピー

すり替えて逃れんとする苦しみの狭間に生きる人とは知れど

苦しみを分かち合わんという言葉ついに届かず宇宙ゴミとなる

洗濯機の中でからまる袖と袖始末に負えぬ絆のように

宝石のごときショコラの床に散り転がりてなお甘く煌めく

幾度も心抉られトルソーとなって夜明けを待ちわびしこと

帰宅してドアを開ければ暴風圏踏み入る足の怯まぬように

激昂に返しもならず手踊りの飛んでゆく空ホーイホイホイ

病む人の言葉は礫《つぶて》でもナイフでもなくただ白くなりゆく珊瑚《さんご》

傷ついた人と暮らせばマドンナになって真闇《まやみ》にララバイ歌う

朱の色をとどめ朽ち葉の震えつつバラ苗を守《も》る渇かぬように

廃園の池をめぐれば共に読みし『応仁の乱』兼良《かねら》たたずむ

凌霄花

風景の定まるように確かめる眠らぬ夜の三半規管

雪に埋もれ耐え抜くことに勝利したシャクナゲの色なぜやわらかい

濃き薄き紫の色競うごとスミレ花咲く下草として

厳冬に死に絶えたりと諦めしオリヅルランの鋭き緑

語られぬ記憶は水に漂いて彼岸に寄せる白い貝殻

梅雨の憂さ吹き飛ばすごとスパイスの香がシナプスを目覚めさせ夜

輪禍に押しつぶされて鮮やかにアスファルトに咲く凌霄花《ノウゼンカズラ》

中国語・韓国語飛び交う街の中「ニッポン大好き」スマホかざして

彼の国で受けた親切思い出す水掛け不動で写真頼まれ

若冲も驚きぬべし錦市場に異国の人のあふれ行く午後

若き日に枡席で見し北の湖・栃赤城亡く寂しとイタリアン

春来れば白き花つけズミの木の牧場縁取る上書き保存

夏仕様毛を刈り取られアルパカの顔のみ広く定点を見る

ソフトクリームとこわばる肉の二つながら高原の風に溶けて蓼科

山道を下ればば白きカモシカの哲学者のごと私を見ている

煙水晶

暴れたれば布団被せて抑え込むと同じ病の人の子の言う

次々と飛び来る刃くノ一はかわし続けるアニメの中で

執拗な怒りの続く真昼間の白き世界は風も死にたり

パニックに失いし猫を救い給う知らず過ぎ来し温顔の人

妬まれて初めて気づく幸せのそこはかとなき煙水晶

夜明け前闇に紛れて火の山に煙上ると見えしは正夢

花言葉「呪い」といえる黒百合を投げつけられて…刺さる

「恥を知れ」は挨拶代わり私はそう恥知らずとして生きていきます

夢幻能低く謡いて旅に出るおまえはゲスと罵られつつ

オムレツがふんわり焼けて香り立つ朝はなべてがリセットされる

二人して窓より臨む諏訪の湖《うみ》に三日月わたる凪のおとずれ

高速ジャンクション

空に弧を描く高速ジャンクション選び取り行く確かめもせず

カルデラが描きし地層の縞模様巨きをまとい笠ヶ岳立つ

実りなく熊出没の多しとう捨身はならぬ鈴鳴らし行く

暮らしを埋める満天の星ならでアプリ起動すあくがれやまぬ

何もかも絡めとられて凪ぐ海の吾が定型に映りこむもの

時は積み流れ去りゆきとどまらぬ十年日記のページをめくる

雪の日も合吟すればあたたかく「渭城朝雨」に溶かされてゆく

吟じれば誤答の苦さ思い出す定期考査の詩・王之渙《おうしかん》

雪の花つけ立つ木々の間《あわい》より落ち来る光きらめいて春

花瓶に十日咲き継ぐクリスマスローズ細きうなじに主張の匂う

春の夕　光あふれて押し返す夜の気配の隠れる地平

鹿角に奈良絵を描けるストラップ揺れてやさしき今あおによし

葛練れば固まるほどに透明に手ごたえの増すうらやましくも

叱られて暴れる猫の目が泳ぐ衝動折らると爪を研ぎつつ

やわらかに

やわらかに投げしボールに応えなく彫像のごと本を読む人

ストーリーこんなはずではなかったと削除すれども書き換えられぬ

バラ苗の葉を吹き出ずる春のホルン風に流れて光あふるる

移し植えしアセビ根付きて混む枝のうるさきまでのストレス知らず

なつかしい道映し出す誘い水春の光に手を重ね行く

咲きて重き頭《こうべ》垂れんとするバラの枝結いとめてせき止めるもの

一輪のバラ頽《くずお》れて重なれる花弁を握るメメント・モリと

切り抜いた後の新聞読む人とかみ合わぬ会話そのままにして

六甲

屏風から出たなら自由ゴイサギの風に吹かれて羽毛を揺らす

青天に仰げば神と坐《いま》す岩　築城の切り出し許さぬ矜持

ビル群の向こうに光る瀬戸の海めがけて下る崖は断層

一歩ずつ足場確かめ山下る枝をつかめば何の花　紅《くれない》

シャワーのように負荷を浴びれば体幹の日ごとに育つ土偶のかたち

嵐過ぎ咲いて迷わぬ梅の名の「白滝枝垂れ」みなぎり落ちる

「思いのまま」と名に負う梅のほしいまま海を見下ろし枝に満ち満つ

形よく熟れしイチゴの薄味に唇褪せてかろき失望

＊

海風に亡き人の声打ち寄せて胸をぬらせば潮が満ち来る

朝《あした》に歩みし浜に潮満ちて消してしまえり私の軌跡

島への橋を渡れば朝焼けの海に飛ぶ鳥どこまでの自由

防潮堤にたたずみ夕陽目に追えば背《せな》に沈める千本松原

湖の波間に浮かぶ水鳥の揺れつつ憩ううさぎの出雲

＊

ザギトワの氷上の舞香り立ち越前蕎麦の辛み芳《かんば》し

紅き和傘くるり回せば離れまで三八豪雪再びの宿

震度六弱

「かけがえのない絆」とうありふれた言葉垂直　震度六弱

震源地なればば絶えせぬヘリの音ブルーシートに紫陽花は咲く

地震後の書庫片づけて掘り当てた蒼き鉱脈光に曝す

歪められねじられかたち整わぬ地震の跡にタチアオイ聳ゆ

またしても地鳴動し揺れ歪み裂けて恐ろし芯までふるえ

記憶など当てにならぬとクレーンが変えてゆくもの日はまた昇る

悪い夢見ていたような年月を巻き戻し消すスクリーン　白

うちつける雷雨の向こう立つ影は吾を見守る若き日の人

避難準備情報告げるメールの着信音　墨を流して雨降り続く

橋脚を暴れる水のいじるごと荒ぶる川は夜を轟《とどろ》く

夏

熱帯夜眠れぬ蒼き湖は闇の向こうに島を浮かべて

人気なき街みな白く死にたるとチベット高気圧　天蓋のごと

豪雨に崩れし道を迂回してキャベツ畑の丘を越え飛ぶ

紛争に祖父殺されしとうモドリッチの瞳は何を湛えているのか

プラムにはプラムの宇宙ありという小惑星のいびつ芳し

山晴れて空に刻める稜線の雲と語らい南《みんなみ》に笑う

甘噛みの猫の歯小《ち》さく鋭ければ夏の肌《はだえ》に桜花散る

猫の目に映る私　反転し異郷の道をたどりて一人

身も髪もやせて炎暑の風に立つズッキーニ光り夏は動かず

一匙の氷菓うれしき猛暑日は頬笑み給う中宮定子

暮坂峠旅せし人の口をつく歌の数々風に吹かれて

夏らしき絶景写すカレンダーめくってみても先読めぬまま

デズデモーナ

「おまえを殺すかもしれぬ」そんな夜はデズデモーナの歌口ずさむ

医師の前にこやかな擬態　転換し消せない傷の荒ぶるパトス

ブラインド下ろしてみれば見たくないものはないもの葡萄を哺《ふく》む

寂しさにゆがめた顔を映す窓　闇に「太陽の塔」浮遊す

インフラの劣化のように吾が肉の綻びいくつ夭折せねば

美しき嘘こしらえて生きていく愛《は》しき背中のエレベーターに消ゆ

あなたから剝がれ落ちたるやわらかな羽を返せと叫べり何に

包まれていたあの頃のぬくもりの甦る朝　森に秋霖

なだらかな隆起を見せて秋照らすラ・フランス一つ挑み完熟

零余子《むかご》食めばほろほろほろ秋が崩れゆくいのちの果ての厚き腐葉土

どうすれば傷つけられるか探るごと言葉研ぐ人　外は晩秋

思い出が切り刻まれて舞い落ちる二人の写真壁に飾らん

フレディの命日という二十四日FMを聴く守りに入らず

みつ豆を二人食べれば白玉の艶めくこころ南座再開場

パラパラ

玉江橋渡ればともに発表を見に来し春の亡父《ちち》の声する

堂島川流れ変わらずダイビルのカフェに座す亡父トーストを食む

ごっそりと消去されたる学び舎の跡に空突くオブジェきらめく

雑踏に君待つこころ帰り来る伝説知らぬキタノザウルス

見上げればぽっかり浮かぶ白い月走りは肩の力を抜いて

人を待つスウィートピーは薄紫指の間《あわい》の画面に揺れる

罵詈《ばり》バリバリばらばらになった存在が空に向かってパラパラ踊る

瞋恚の眼《まなこ》も冷えて夜桜の川面に蒼く揺れて流れる

耳すませネットの向こう窺えば聞こえぬふりの人が息づく

鎖された庭に広がる根のあまた思い出を吸い夜太りゆく

パンドラの箱ひとつではなかったと開け放たれて無数フジョーリ

平成終わる

空に伸ぶ白木蓮はクリームに光のしずく受けて「乾杯！」

花の声聞く夕暮は匂やかに想いが浮かぶ馬酔木《あせび》のたわわ

愛ひとつポストに落とし帰る道ともに見上げし桜綻ぶ

戦国に滅びし城を染め上げて春爛漫のご当地ソング

桜の蜜吸う鳥のさみどりに染まりゆく季節《とき》平成終わる

Ⅲ

暴れるハサミ

虹色のトカゲきらめき走る道せせらぎの陰《かげ》肌もぬめぬめ

緑の帽子怒れば背を向けて口角を上げ華やいでみる

高気圧破れ巷に雷鳴のとどろくに慣れなめくじの時

鍵一つたたきつけられ床に散る金属音のデクレッシェンド

指《および》のみ痛むにあらずこの乾き穴に吹く風クリームを塗る

育て来し庭木ごっそり切り取られ主のいぬ間の暴れるハサミ

アガパンサス

機首を上げバリアを抜ける朝ぼらけ薄むらさきの雲を踏み飛ぶ

湧水の海へと下るつかのまをバイカモ揺れて待つ星月夜

手を重ね山鉾めぐる宵山の朝《あした》の人と抹茶フロート

積雲のぽかりと浮かびアジサイの白バンパーの傷をなぐさむ

ありのまま胸を開いて真向かえる向日葵となり海に抱かれぬ

若き友と手を伸べ葡萄摘みし日と月の光は変わらぬものを

紫の花火のいくつ咲き誇るアガパンサスは涼しき真夏

姪の住む異邦の町を地図に追う見知らぬスペル鋼《はがね》のごとく

南半球に新たな生命微笑むとエアメール伝う水よりも濃く

カボス香る熱き紅茶のしみわたり永久凍土弛む二十三時

珊瑚樹

朝の光浴びて私を組み立てる今日も走ろう月世界まで

葉脈に音なき流れあることを忘れぬように目を閉じてみる

泣いているのか笑っているのか私の抱く貯水池なぜか見えない

炎熱を歩みし指をなぐさめてひらりひらりとペディキュアを塗る

雨降れば貝になる人それはそれ『魔の山』読めばアルプスの風

遠雷のもたらすものを占いて背中で怒る人にささやく

そよ吹く風に頬寄せ目を閉じてひとり見る夢タヌキがこけた

火山島の海に住むとうタイマイの泳ぐ速度で息を吐きだす

しらじらと骨になる日は珊瑚樹の海に洗われ泡と消えなん

病の影そっと寄り添い肩に手を置く真夜中はラジオの時間

秋色に装い街に出でて行く桜紅葉のくすまぬように

カボチャのようにただ抱きとめてほしかった崩れんとする私の何か

フジョーリ

薄氷の割れる音さえ微笑みて受け止めてみる三百六十五日

「薄氷《はくひょう》」と読めば寒しも「薄氷《うすらい》」と　音はさらさら川を流れる

何もかも見てはならぬと水飲めば喉《のど》ごしひやり　キッチンに蜘蛛

あわれと思いたれども私はもっとあわれかも知れぬ猫の目線に

シチュー一皿冷蔵庫から取り出せば「お前には反吐《へど》が出る」レンジにかける

テーブルに包丁突き立てしとう歌人《うたびと》の他人事ならず年末寒波

山霧の白く湧く道たどりゆくどこへ行くのかナビもないまま

青き部屋赤きグラスを前にして静寂《しじま》に憩う虚ろなる首

つながれてかまわれもせぬ犬の眼の虚ろに開くフジョーリの朝

キャッシュレス

空が光失うように暮れてゆく令和元年キャッシュレス奔る

スマホ持たぬ生き難さ言う少年よ潮招きだって絶滅危惧種

さりげなく過ぎ行く時をともに生き曇り空では打てぬあいづち

「いい天気ね」「それがどうした」冷え込みし朝の会話ヨーグルト甘し

いつしかに笑い忘れしカワセミのとぼとぼ歩む白き川床

そんなことできはしないと渚漕ぐ舟に愁いをのせて放てり

何ものと闘わんとかカリンの実　空突き立てり木枯らしの末

いつだって余裕なくさぬわけでなし投げつけられし刃かわせず

風にのり飛び来しはずがいつのまにエアポケットにはまりたる鳥

深海魚

期待値は低く設定しておこう病のあとの人と暮らせば

今日もまた罵倒されても怒らないわたくしの芯硬度増しゆく

カエルコール欠かさぬ優しき人なりしもうその人は死んでしまえり

ドアを閉め肩の力を抜いてからサンドバッグは眠りに落ちる

月齢の満ち来る音に耳すませベッドに泳ぐ歓びを知る

もぐりこむ夜の底なる深海魚　光はなぜか哀しみに満つ

カナブンのいのちは夜ごと朽ちてゆき見知らぬ人の階下に眠る

鏡のデジタル午前２時１０分　光は未明にころがりて落つ

否定されまた否定され裏返す胸の痛みの哄笑となる

やり過ごす日々は悲喜劇背を向けて百面相のピエロが歌う

残しおく余白をすべて埋めつくし過去へ押しやり消してゆく人

何もかも変わっていくとささやいて初雪カズラ色変えるとき

走行禁止の道疾駆する自転車の若者の背がとがり凩《こがらし》

Ⅳ

禍の年

桜の雲ははるけく黙しつつ人知れず散る禍《わざわい》の年

空覆うパンデミックの闇深し明けるものとは信じていても

新たなるハザードマップ描かれて観相窓から見そなわすとは

生きてあることの歓びささやくと母の形見のマスクつければ

哀しみを配るウィルス雨のごと当たらぬものか傘をさしたら

帰ることかなわず果てし仲麻呂をオンラインに語る地球は縮み

再びのコロナ禍の波立ち上がる炭酸水に和歌山じゃばら

人影の消えて「平穏無事」ということば黒塗り見えないものに

紀ノ川のたわわピオーネ黒光り瞳うるおすニウツヒメガミ

堂の中流れぬ時のたゆたいに花と掲げる高野槙あり

哭泣の風にまじりて聞こえくる智泉堂あり樹下にしずもる

パンデミックの傘をのがれて山上の鐘はいのちを研ぎすませ聴く

苔に遊ぶキセキレイ二羽　露を踏み朝の庭に光をまねく

寅彦のことばは褪せて災厄の忘れぬうちにまたも訪い来る

インバウンドの嬌声消えて天高く人より鹿のあふれ飛火野

ウィズ・コロナ　アフター・コロナたまきわるいのち冥加に曼殊沙華燃ゆ

笑みかわし手に触ることもかなわぬとマスクの下の人は遠しも

パンデミックの空に用なきジェット機の肌を光らせ墓場に眠る

二〇二一ニューイヤーコンサート　オンラインの拍手の森に『春の声』聴く

二〇二一ニューイヤーコンサート　無観客のｈａｌｌ塞がる胸にｈｏｌｅ

「新しい日常」

今さらに涙も出でず暴言をＢＧＭにつらつら椿

失踪の側頭葉を哀しみて眼閉じつつ夜間飛行へ

暴言はいつかＢＧＭとなり海と広がる私の世界

息を吸いまた吐くように日常を罵らずには生きられぬ脳

「おのれを心から軽蔑する」と言われ「ありがとうございます」と答えるパンダ

耳元で怒鳴られたなら動悸打ちクレッシェンドの雨だれの音

哀しみは哀しみとしてドアを閉め朝だ太陽ぬらりと上る

「たあちゃん」と呼ばれた日々はLong, Long Ago 今は「おのれ」と吐き捨てる人

人格否定発言のシャワーにチェンバロの通奏低音　まったり

私の「新しい日常」距離をとる　水・金・地・火・木・土・天・海

暴風圏に囚われし異常に気づいた日　水・金・地・火・木・土・天・海

大好きなモンブラン買い来れば機嫌よき風車だってくるくる回る

細胞の死に拒まれて立ちつくす信じることに身を投げたくも

BGMとはいえ哀し　罵りを背中で聞いて階段のぼる

対岸に小さく見えるだけの人　私は鏡磨き続ける

闇に浮く午前零時のベッド冷えジェットストリームに乗って飛びゆく

七十五億年

夏の日に身を躍らせて寄りて来し緋の色沈み鯉の葬送

落ち椿水路に紅く横たわり死のモチーフを描き始める

平家も判官殿《ほうがんどの》も落ちゆけり私もまた落ちゆくどこか

消費され吸い尽くされてカゲロウの漂う街にことば痩せゆく

ロボットとドローンのゆく戦場がそこまで来ている未来予想図

七十五億年後太陽に呑み込まれるとうこの星の七十五平米を占め生きていく

流された記憶のかけら川床にきらりと光るしろがねの色

花見客を横目に歩む青い鳥イソヒヨドリは街に慣れ棲む

福寿園の伊右衛門でまたサントリー　ペットボトルも複雑世界

紡ぎ来しやさしき日々は断ち切られ脳内回路もとに戻らぬ

果たされぬのぞみ喉ごし引っかかりもやもやとする胸に問いかけ

菜園

青もみじ滴る若きグランドに喊声　空に雲も伸び立つ

水色の傘傾けて吸い込める雨の匂いにほころぶ記憶

青梅の季節知らせる店一つシャッター通りに抗《あらが》い立てり

「吾はもや安見児《やすみこ》得たり」師の声の胸をぬらしてアジサイの咲く

崖下に寄せる波音聞きながら黄梅いくつ地にまどろむか

あこがれは旅することば満たされぬ炭酸水の揺れてつぶやく

冠羽揺らすコサギの夏が来て見えないものに耳すませいる

朝の菜園に浮かぶ月のごとまろき花照る Okura 英名

白い嘘・黒い嘘

缶コーヒー飲んで仰げば青空　前線は南《みんなみ》の海にまどろむ

卵の殻の脆さよ「宇宙軍」「キラー衛星」「ハッカー」などと

解き明かす旅が始まりアバターは海のほとりをさすらいて行く

生産性ない私はエキストラ朝の鳥さえたそがれている

朝陽さす水道橋に鵜《う》が一羽長き首見せ「カラスデハナイ」

白い嘘《ホワイトライ》・黒い嘘《ブラックライ》となにげないことばに潜む毒を思う日

あの夏の高原の日差しおくれ毛にたわむれる風閉じ込めるキューブ

木の実なき山を出たなら人間に熊は「駆除」さる童話ならねば

かたわれ

半夏生《はんげしょう》　白くなり初め六月はリネンのシャツに風をはらます

命あれば何もいらない病より帰り来たなら　これしきのフジョーリ

雲間より光ひとすじ海に落ち国生み神話の島に寄り添う

波の上に夕日の道が揺れているその揺れ幅に満たされてゆく

最後まで手は離さないかたわれのいずれ宇宙の塵になるまで

幸せだったことの手ざわりあるがまま鏡に今はアルカイック・スマイル

あとがき

この歌集には、二〇一六年以降の歌を収めた。私の第二歌集となる。私たちが生きていく上で、さまざまな喪失の経験は避けて通れない。災害やコロナ禍による身近な人の死といった喪失。思いがけない病や挫折による喪失。すべては変化し、よいことも悪いことも起きるのが人生なのだろう。

そして私の上にも大きな変化がやってきた。家人がウィルス性の脳炎にかかり、抗ウィルス薬による治療で一命はとりとめたものの、後遺症として高次脳機能障害が残った。脳炎の予後としては一般的であるという人格障害…。取り立てて確立された治療法はなく、多くの家族は悩み苦慮している。まだまだ社会の理解も進んでいないようで、やり場のないしんどさを抱えながら暮らさざるを得ない状況が続いている。

不条理だと嘆いてみても何の解決にもならず、それでも時間の経過とともに迷い試行錯誤しながら、私なりに生活を工夫することで、穏やかな日々も増えつつある。しかし、やはり元の家人は帰ってこない。目の前にいるけれど、同時にもういない。あいまいな喪失といわれる、ある意味ゆらゆら揺れているような現実と折り合いをつけながら生きている。

そんな日々を今回もまた歌を詠むことが救ってくれた。喪失の哀しみはもとより、それでも巡ってくる四季の美しさ、コロナ禍への思い、生活の雑感、ふり返れば形を変え循環する水のような家族への愛。歌にしなければ自身気づかなかったかもしれない心の深い部分を少し取り出せたような気がする。

最後になりましたが、本歌集の出版にあたり青磁社の永田淳様、装丁の花山周子様に大変お世話になりました。深謝いたします。

二〇二一年八月

西堤　啓子

地中海叢書第九四三篇

歌集　あるがまま／スマイル

初版発行日　二〇二一年十月二十六日
著　者　西堤啓子
定　価　二五〇〇円
発行者　永田　淳
発行所　青磁社
京都市北区上賀茂豊田町四〇―一（〒六〇三―八〇四五）
電話　〇七五―七〇五―二八三八
振替　〇〇九四〇―二―一二四二二四
http://seijisya.com
装　幀　花山周子
印刷・製本　創栄図書印刷

ISBN978-4-86198-511-9 C0092 ¥2500E